LE

ROMANTISME

AUX CHAMPS-ÉLYSÉES,

NOUVELLE

DATÉE DU 1ᵉʳ MAI 1830.

PAR L. J. C......

Paris.

IMPRIMERIE-LIBRAIRIE DE G.-A. DENTU,

RUE DU COLOMBIER, Nº 21;

et Palais-Royal, galerie d'Orléans, nº 13.

M. D. CCC. XXX.

LE

ROMANTISME

AUX CHAMPS-ÉLYSÉES,

NOUVELLE

DATÉE DU 1ᵉʳ MAI 1830.

PAR L. J. C......

Paris.

IMPRIMERIE-LIBRAIRIE DE G.-A. DENTU,

RUE DU COLOMBIER, Nº 21;

et Palais-Royal, galerie d'Orléans, nº 13.

M. D. CCC. XXX.

LE

ROMANTISME

AUX CHAMPS-ÉLYSÉES.

———◦◦◦———

Picard, joyeux auteur, peintre de franc aloi,
Fut le lecteur en chef de notre Académie.
    Sur l'autre bord de la rive fleurie,
Aux Champs-Elyséens il garde son emploi.
Bien plus, des jeux de la scène idolâtre,
Comme il le fut chez nous dès ses plus jeunes ans,
    Il a fait bâtir un théâtre,
Où du siècle fameux les grands hommes présens,
Baron, Lekain, Grandval, Molé, Brizard, Larive,
Préville, et sa compagne à la fois noble et vive,
Clairon, Saint-Val, Comtat, la rieuse Belcour,
Viennent les égayer et toucher tour à tour.
Molière y reconnaît encor son *Misantrope,*
Racine son *Esther,* Voltaire sa *Mérope;*
Monvel y rend Auguste à l'auteur de *Cinna,*
Qui retrouve son fils sous les traits de Talma,

Au *Florentin*, Boileau se montre moins austère,
Et dit qu'envers Quinault il fut un peu sévère;
Que ce sac de Scapin, dont il parla si mal,
Lui parut l'autre soir assez original.

Parmi nous, directeur d'une troupe comique,
Picard le fut après de la scène lyrique;
Il l'est encor là-bas. Dieu sait si tout va bien :
    Les miracles n'y coûtent rien.
Maillard a de Sontag la méthode éclatante,
Et Lainez de franc jeu descendant chez les morts,
Acquit l'art de régler ses forcenés transports,
Et d'Adolphe Nourrit la voix douce et touchante.
    Là point d'amours-propres blessés;
    Les deux compositeurs d'*Armide*,
    L'offrent en son manoir splendide,
    Chacun à ses intéressés;
Mais comme du vrai goût l'Elysée est l'empire,
    On exécute, il faut tout dire,
    Avec même solennité,
Lulli par déférence et Gluck par équité.

Sur l'art de corriger, d'instruire son semblable,
Molière un jour causant avec le directeur :
« Fils très-cher, lui dit-il, foi de défunt, d'honneur,
« Je te proclame une ombre fort aimable;
« Aux hommes de mon siècle, à moi, ton devancier,
    « Complaire est ton unique étude.
    « — J'ai, mon père, la gratitude
« D'un débiteur loyal pour un bon créancier.

« — Oui, mais toujours gens de même farine

  « Marchent aussi du même train,

  « Aujourd'hui j'admire Racine,

  « Qui viendra m'admirer demain.

« Frais venu, tu connais encor cette manie,

« Ce penchant exclusif qu'a pour soi chaque auteur;

« Pour moi, je voudrais voir de mon parfait bonheur

  « Osciller la monotonie,

  « Juger si les hommes nouveaux

  « Qui t'ont suivi dans la carrière,

  « Se montrent tes heureux rivaux,

  « Ou sont demeurés en arrière.

  « Jà sont deux ans que j'entrevis Auger,

  « Triste défunt de fantaisie,

  « Lequel n'ose m'envisager,

« Pour, en me commentant, m'avoir osé charger

  De grammaticale hérésie,

  « Traîner pour toi bagage non léger;

  « Et récemment Daru, qui, face à face,

« Mettant ses vers français avec les vers d'Horace,

« Lui fait offrir chez l'un de ses amphitryons,

  « Entre friandises nouvelles,

  « Au lieu d'un salmis de plongeons

  « Un vol-au-vent de sauterelles...

« Il t'a remis, ce semble, un assez fort ballot...

  « Eh! pourquoi donc de ton théâtre exclure

  « Le genre de littérature

  « Qui de nous autres fut le lot?

  « — Grande ombre! le théâtre, en France,

  « Rentre aujourd'hui dans le chaos,

« Et c'est parmi les gibiers de potence
    « Qu'on va recruter ses héros.
« La fureur des bourreaux, la douceur des victimes,
« Y navrent à la fois et le cœur et les yeux;
« On y fait voir du sang..., des crimes, puis des crimes.. :
    « Surtout des criminels heureux !...
« Une cohorte ardente étroitement serrée
    « Autour de la flamme sacrée,
« Veut, sinon l'activer, au moins l'entretenir ;
    « Mais c'est une garde avancée
    « Dont la défaite est prononcée,
    « Et que nuls n'osent secourir. »
A ces mots apparaît une troupe falotte,
    Riant, dansant, battant des mains ;
Vadé, qui la conduit, agite sa marotte,
    Répétant les joyeux refrains.
Allègrement, sans ordre et pourtant sans cohue,
    Couronnés tous de pampre et de lauriers,
Les enfans de Momus chantaient la bien-venue
Du sensible, du bon, du joyeux Désaugiers.
    « Honneur! honneur au grand Molière ! »
Tel est le cri parti d'une commune voix.
« Amis, dit Désaugiers, souffrez qu'à ma manière
    « Je le célèbre cette fois.
    « Pour un instant, attention profonde :
« Prends ma droite, Panard, toi, ma gauche, Piron. »
On s'arrange au signal de notre Anacréon,
    Qui chante ce couplet de ronde:

    « Tant qu'un merveilleux blondin

« Sifflera *Georges Dandin*,

« Avant de savoir écrire,

     « Il faut rire,

     « Il faut rire,

  « Rire et toujours rire. »

  « Mon *Georges Dandin* importun !

  « S'écrie étonné le grand-maître.

« — Cela, reprend Picard, *blesse le sens commun*,

     « *Mais cela ne laisse pas d'être.*

« — Adonc il parle d'or, ce gai, ce gros garçon,

« Prenons sa main, mon fils, et va pour l'unisson :

        « Il faut rire,

  « Rire et toujours rire. »

  Par leur naturel ascendant

  Fuient ces joviales ombres,

  Laissant le duo cheminant

  Vers l'abri de sentiers plus sombres.

  « D'après ce qui m'est récité

« De l'allure que prend le monde sublunaire,

     « De plus en plus, foi de Molière,

     « S'accroît ma curiosité.

  « Tu m'as tracé sur les œuvres tragiques

     « Certain tableau peu ragoûtant,

     « J'espère au moins que les comiques...

« — *Rare et sublime esprit*, il en est tout autant,

     « Ce nom même, oui, ce nom de comédie,

« Depuis Aristophane admis et consacré,

« Ce nom enfin que ta muse polie,
« Plus encor, ton génie ont chez nous illustré,
 « Ils le rendent à ces *ténèbres*
 « Que des hommes *jadis célèbres*
 « Se sont efforcés d'exploiter,
 « Et que, privés de l'avantage
 « De vivre leurs égaux *par l'âge*,
 « Ils ne surent point éviter.
 « Avec Melpomène et Thalie
 « Qu'ils ont soumises au mortier,
 « Ils ont gâché pour leur scène avilie
 « Les élémens d'un fétiche grossier
« Qu'ils servent à genoux, même en dépit du blâme;
 « Ce fétiche ils l'ont nommé *drame;*
« Monstre informe, amphybie, épais et sans vigueur,
 « Vrai caméléon littéraire,
 « Qui, né pour vivre dans l'ornière,
 « D'origine en a la couleur;
 « De plus, ces types de jactance,
 « Faux dévots de profession,
 « Prétendent par la violence
 « Commander l'admiration.
« Du théâtre envahi bourdonne à chaque étage
« Un fatigant essaim d'applaudisseurs à gage;
« Il faut subir leurs cris, leurs claquemens de mains,
« Ou de niais amis les bravos inhumains.
 « Malheur à quiconque se fâche
« Des sottises qu'il voit, de celles qu'il entend,
« On lui donne les noms de cabaleur *ganache*
 « Et de classique impertinent;

« Il n'est pas jusques au parterre,
« Siége où, libre jadis, tout payant auditeur
« Pouvait être à son gré bienveillant ou sévère,
« Qui n'ait dans chaque point son groupe inquisiteur.
  « A bas la perruque !... qu'il sorte !
« Dit-on de toutes parts au moins récalcitrant...
« Improuver ou siffler est un droit qu'à la porte,
  « On n'achète plus en entrant.

  « — Monsieur notre lecteur, à tabler sur ton dire,
« L'autre monde, vraiment, est devenu beau sire !
  « Selon mon sens, pourtant, je vois,
  « Bien qu'à bon droit tu blâmes sa manie,
« Qu'on ne peut l'accuser d'avoir enfreint des lois
« Que même en ses écarts, respecta le génie ;
  « Car on appelle *infraction*,
  « Atteinte à quelque loi commune ;
  « Mais pour qui n'en observe aucune,
  « Ce mot perd son acception.

  « Comme un torrent fomenté par l'orage,
  « Dans le lit noir d'un cloaque fangeux,
  « Le mauvais goût pousse, écume et fait rage
  « Entre des rocs illustres et nombreux ;
  « Dans son irruption extrême,
  « De quelques fleurs s'il vient à s'emparer,
  « C'est vainement qu'il s'en voudrait parer,
  « Il les flétrit, et n'est pas moins lui-même.
« Son constant ennemi, roi de ces sommités,
« D'un regard dédaigneux observant son délire,
« Répand incessamment de solides clartés,

« Gémit , veille , combat , et reprend son empire.

   « De meilleurs temps nourrir en soi l'espoir,

   « Est un métier où tout bon esprit gagne ;

     « Mais , nous dit notre grand Montagne ,

« Echapper aux mauvais passe notre pouvoir.

« Le fatal ascendant de l'humaine nature

« Lui fait abandonner la route la plus sûre,

« Sans calculer honneur, fortune ou détriment ,

« Par cela seul, hélas ! que c'est le changement.

« De la langue immortelle après la décadence ,

   « Ne vit-on pas de Plaute et de Térence

« Quelques Italiens plus ou moins bien nourris ,

    « Les affubler de faux visages,

« Et bâtir, en cousant nombre de leurs adages ,

    « De comiques amphygouris?

    « Cinq ou six contes de Boccace

    « Dans un seul ouvrage entassés ,

« Et partant , dépouillés de leur naïve grâce,

    « Ne montrèrent-ils pas assez :

« Que qui de l'impudence a franchi la limite,

« N'observe plus de frein en tout ce qu'il écrit,

« Et d'un corps étranger devient plus parasite

« A mesure qu'il sent sa misère d'esprit ?

   « C'est à peine sevré des hochets de l'enfance,

« Que nous prîmes, mon fils, l'art dramatique en France :

« Tout remplis des anciens, sans trop nous asservir,

« Nous sûmes imiter. — Et souvent embellir.

« — Admis à voir de près la cour la plus brillante,

« Rien ne nous échappa, vertus, vices, travers ;

« Si nous avons flétri la noblesse insolente,
« Digne elle a pu trouver son éloge en nos vers.
« Un monarque embrassant tous les genres de gloire,
« Jeune, chevaleresque, ardent et plein d'attraits,
« Fit avec lui siéger dans son char de victoire,
« Ces arts que d'ordinaire alimente la paix.
« Honoré, le génie atteint son apogée;
« Notre siècle servit de type aux nations.....
« Ombres en ce moment, pour des illusions,
« De tous soucis tenons cette âme dégagée.
        « Selon l'état de l'ordre social,
            « La littérature varie,
        « Et c'est le tour de l'écrivaillerie,
            « Quand un siècle se porte mal.
« — Je perds donc pour le mien, maître, toute espérance,
« Car les sonnets d'Oronte et de mons Trissotin,
« Dignes, d'après ton sens, d'un... singulier destin,
« Y seraient des morceaux... d'une rare élégance.
« — Des siècles écoulés ardent admirateur,
« N'es-tu pas, mon cher fils, un peu cru de couleur?
« Ces ouvrages nouveaux que tu caves au pire,
« Ont eu pourtant, je crois, l'heur de te faire rire.
« Car naguère abrités sous des chênes épais,
« Toi, Collin-d'Harleville, Auger et Beaumarchais,
« Ensemble vous faisiez ne sais quelle lecture,
« Qui vraiment vous donnait très-joyeuse posture :
        « Je vous voyais, dans vos ébats,
        « Passer l'écrit à tour de rôles,
        « Exagérer les haussemens de bras.....
« — Mais franchement du moins, nous haussions les épaules.

« En deux mots. — En deux mots, je ne veux rien savoir,
« Ou je veux à la fois tout entendre et tout voir;
« D'avance prends à gré toute ma gratitude,
« Et sans retardement mets la pièce à l'étude.
« — Auteur, acteurs et moi, le tout sera honni.
« — Encore... tu le veux, tu verras... C'est fini. »

En moins de temps qu'un subtil sténographe
N'en mettrait à brocher la plus brève épitaphe,
Chaque rôle est transcrit et collationné,
    Puis aussitôt à chaque acteur donné;
Mais, bien qu'ombres là-bas, les grandeurs théâtrales
Ont conservé le droit, ainsi que l'ont chez nous
    Les réalités capitales,
De dire au directeur : « Monsieur, arrangez-vous,
« Ce rôle ne vaut rien ; » la seule différence,
C'est que, jugeant d'un air tout aussi décisif,
On ne porte là-bas, en pareille occurrence,
    Aucun jugement sans motif.
    Or, dans la nombreuse assemblée,
Une première fois, comme on dit, appelée
    Pour répéter, rôles en main,
Baron ainsi parla : « D'abord est-il certain
    « Que la pièce au bureau présente,
    « Date bien de mil huit cent trente,
    « Ou de quatre âges en deçà?
    « Car, par Boileau, ce style-là
    « Retire assez à celui des trouvères,
    « Même au patois de nos bons vieux grands-pères,
« *Qui sottement zélés en leur simplicité,*

« *Jouaient les saints, la Vierge et Dieu par piété*.

« Quelque chose pourtant, dans ce jargon baroque,

  « Semble prêter à l'équivoque.

  « De ce littéraire chaos

« Sourdent de temps en temps de très-nobles pensées

« En vers de bonne école à vrai dire exposées,

« Mais soudain s'abîmant dans des flots de pathos.

  « Si l'auteur tient au présent âge,

« Par ses talens un jour à briller destiné,

« Peut-être!... il en a fait un condamnable usage.

« C'est en vain qu'il prétend, dans l'erreur obstiné,

« Rebrouiller une langue à jamais ennoblie

« Par les mâles écrits que dicta le génie,

« A moins que de son siècle observant la tiédeur,

« Au vandalisme, prêt à ressaisir l'empire,

« Déjà par lui souillée, ignoble corrupteur,

  « Il ne parvienne à la conduire.

« Prouvons au directeur, par nos civilités,

  « Que de nous il peut tout attendre,

  « Excepté toutefois d'apprendre

  « De telles trivialités.

  « Il est certains cerveaux en friches,

  « Dont le mnémonique instrument

« Volontiers retiendrait... les *Petites-Affiches*...

« Quelques galans arrêts d'un sénéchal normand :

« Qu'il s'en prenne à ceux-là. » Sur le champ l'assemblée

Adoptant cet avis, note en est libellée,

  Qu'appuyent les noms que voici :

  Baron, Lagrange, Ducroisy,

  Béjart, Brécourt, la Thorillière,

Demoiselles Duparc, la Brie, Hervé, Molière...
Et cætera. Picard sent tout son embarras ;
Mais adroit directeur ne se rebute pas.
Il s'adresse à Lekain, qui pour toute réponse,
Lui donne sur son offre une verte semonce...
« Noble et fière Chimène aura-t-on vu Clairon
« Suivre les pas scabreux d'un bandit fanfaron,
« Et soupirer en vers dignes de la Courtille
« Les amours de Goton, grisette de Castille ?
« Vieux et digne Rodrigue, aura-t-on ouï Brizard
« Radoter les transports d'un céladon vieillard ?
« Interprète du *Cid,* dois-je du grand Corneille
« Venir fatiguer l'œil, importuner l'oreille ?...
« Non ! qu'on donne à l'acteur qui figure arlequin
« Ce risible empereur. J'ai dit ; salut : LEKAIN. »

Notre pauvre Picard perdait presque espérance,
Quand lui vint à l'esprit le semainier Florence,
De Molé, de Comtat ce reptile valet,
Qui souvent néanmoins en fit ce qu'il voulait.
« Cher ami, lui dit-il, à moi..., zèle et courage !
« Il s'agit de monter un... singulier ouvrage...
« Tu ne vis rien de tel, je t'en fais le pari ;
« Parles-en à Larive, à Monvel, à Fleuri ;
« Tâche, surtout, d'avoir la touchante ingénue
« Que notre capitale étonnée, éperdue,
« Vit dans la fleur des ans accomplir son destin,
« Olivier ! — Je vais voir..., reviens demain matin. »
Picard au rendez-vous ne se fait point attendre,
Et n'est pas sans frayeur sur ce qu'il doit apprendre.

La lecture, en effet, la veille avait eu lieu ;
     Mais... quelle lecture, bon Dieu !
L'énorme Desessarts avec Saint-Val cadette,
La vieille la Chassaigne et Joli la soubrette,
Figuraient un contraste assez divertissant ;
Des premiers le dégoût allait toujours croissant ;
Les deux autres riaient à perdre contenance ;
Le goguenard Molé, plein de grâce et d'aisance,
De sa dextre serrant le genou de Comtat,
La dévorait des yeux en lui prêtant l'oreille.
« — Que veut donc imiter ce style épais et plat ?
« Dit la grande coquette. — O céleste merveille !
« Pourquoi te répéter ce que tu sais par cœur ?
« L'homme, comme le singe, est un imitateur ;
« L'un recherche, embrasé de la flamme divine,
     « La simplicité de Racine ;
     « Celui-ci vise, enchanté de son lot,
     « A la simplesse de Jeannot. »
     La pièce donc fut encor rejetée
Presque unanimement, une voix exceptée,
Celle de Dugazon, dont suit le bulletin
Lu par le secrétaire en somme du scrutin :
     « J'accepte le nouvel ouvrage,
     « Bien entendu que, sans partage,
     « Telle en sera la distribution :
     « Olivier fera la duègne,
« Desessarts le héros, l'amante, la Chassaigne,
« Je prendrai l'empereur ; sinon, non : DUGAZON. »

    Picard, en apprenant sa troisième disgrâce :

« Cédons, dit-il, cédons de guerre lasse.

« — Comment ? — A nos anciens je me suis adressé ;

« Je le confesse, hélas ! tous il m'ont repoussé.

« — La chose, dans ce cas, me semble peu possible.

« — Et pour moi, dans ce cas est d'autant plus pénible,

« Que Molière l'attend avec empressement.

« — A-t-il quelque avant-goût?... — Non pas, assurément.

« — Dis-lui qu'il se ménage une sotte surprise...

« Fais comme Fabius, mon féal, temporise ;

« Ou bien tout franchement il lui faut exposer...

« Un instant... d'un moyen je viens de m'aviser...

« Pourquoi pas?.... il me semble excellent, sur mon âme!

« C'est ce peuple métis hurlant le mélodrame...

« D'éloges sans réserve il le faut accabler ;

« Qu'il voie... *préférence* au lieu de *pis-aller*.

« D'ordinaire il retient plus de mots que de choses :

« Offrons-lui nos pavots en les nommant des *roses*.

« S'il est récalcitrant, j'ai le mot enchanté,

« *Par ordre*, qui résout toute difficulté. »

Trépassé de vingt ans, le semainier Florence

Ignore comme va l'art théâtral en France;

Que l'Achille, l'Hector du faubourg Saint-Germain,

Peut faire son paquet, et courir dès demain

Dans un tyran farouche, atroce et *mercenaire*,

Faire *en pleine gaieté* frissonner le parterre.

Le seul valable élan de son cerveau subtil

Est dans le mot magique; aussi réussit-il.

En huit jours tout est su, la scène disposée;

On répète, et l'affiche à la porte est posée.

Mais déjà de l'épreuve arrive le moment ;

On devine l'empressement
Qu'apporte chaque personnage
A prendre rang à chaque étage :
D'abord se place tour à tour
De Louis la nombreuse cour ;
L'exquise loi de convenance
Veut que les noms fameux dont s'honore la France
Siégent tous au même niveau ;
Aussi voit-on le grand Turenne
Côte à côte avec La Fontaine,
Et Villeroi près de Boileau.
Avec Villarceaux et La Châtre,
Sous la loge de Maintenon,
Dans la baignoire attenant au théâtre,
A gauche, on aperçoit Ninon :
Dans l'indicible ennui qu'ils donnent à la belle,
L'un par l'autre est bien secondé ;
Mais elle masque une prunelle
Qu'elle dirige sur Condé.

Au bruit guerrier d'une fanfare,
Toute la salle est en émoi,
Lorqu'au balcon se présente La Fare,
Disant : « Mesdames, c'est le roi. »

Le rideau se lève, et la scène
Diversement frappe les sens.
« Ce n'est pas notre Melpomène,
« Dit-on tout bas : quels singuliers accens !
« — Ce n'est pas plus notre Thalie,

« Car dans ses folâtres ébats,

« En glissant sur un mauvais pas,

« Elle est du moins élégante et polie. »

De plus d'un spectateur le brusque mouvement

Manifestait le mécontentement ,

Et sans la sévère étiquette ,

La rumeur devenait complète.

Mais l'étiquette à la cour ne fait pas,

Quand nature nous y convie ,

Que de bâiller on retienne l'envie ,

Seulement on bâille tout bas.

Gants, mouchoirs, évantails, tout faisait étalage,

Pour masquer dignement chaque bas de visage.

Molière au prince avait fait partager

Sa curiosité fatale ;

Près de la majesté royale

Il venait de s'en excuser ;

Lors un trait de niaiserie ,

Et que chez nous d'aucuns nomment *trait de génie*,

Fait sourire le roi, qui, le trouvant trop fort,

Sur le velours froissé glisse, bâille et s'endort.

Sans tendre à courtiser... par nécessité pure,

D'après celle du roi chacun prend sa posture.

Voilà donc à dormir l'auditoire entraîné ,

Excepté, toutefois, certain groupe obstiné

Moins enclin au sommeil, le monde littéraire.

Morne, les bras croisés, on remarque Molière ;

Par un songe sinistre il paraît agité ;

Racine, au princ abord, saisi d'hilarité ;

De ce vif sentiment garde pour seule trace,

Du rire qui s'éteint l'indolente grimace;
Despréaux , sur le bord de sa loge appuyé,
Lorgne de loin Ménage à l'excès ennuyé,
Et , faute d'autre objet, dans l'humeur qui l'inspire,
Il en foule à deux mains l'étoffe, qu'il déchire.

    « Ah! c'est un trop pénible effort !
    « Je ne vis onc rien de plus triste,
    « Dit Corneille au grand fabuliste.
    « Qu'il est heureux le roi qui dort !
« Veux-tu point prendre l'air? —Nenni, dit La Fontaine,
« Je veux voir jusqu'où va l'outre-cuidance humaine. »
Soudain au bruit du cor se réveille en sursaut
Le monarque, criant : «Taillaut! Taillaut! Taillaut!...
« Mais... où suis-je, Villars ? — De rechef en Espagne,
    « Sire, car pendant le repos
« Que votre majesté prit si fort à propos,
    « Nous avons fait un tour en Allemagne :
« — Que les Boileau du jour les chantent, car, ma foi,
    « Ces guerriers-là vont plus vîte que moi.
    « — Nous avons vu créer un empereur,
    « Et de présent commence à Sarragosse
    « Une première nuit de noce.
« — Aux époux nous votons le plus parfait bonheur;
« Mais de crainte qu'encore on ne nous mène à Rome,
« Retournons au château termimer notre somme. »

    Quand des travaux de l'an le cours vient de finir,
Avec moins de bien-être et moins d'effervescence
Vers d'aimables loisirs l'écolier ne s'élance,
Que chaque spectateur voyant le roi partir.

La scène libre, à l'auditoire unie,

    Produit une cacophonie

    De l'effet le plus discordant.

Ménage, des poumons déployant l'ascendant :

« C'est l'art naissant, dit-il, l'enfance de la langue ;

« Or, j'en prends le principe et borne ma harangue,

« Dans mon dégoût amer pour tout ce brouhaha,

    « Par l'initiale : Ah !

    « — Eh ! eh ! reprend d'un ton moqueur Voltaire,

    « C'est ce que de mieux on peut faire.

    « — Hi ! hi ! hi ! hi ! dit Dufresny,

    « Jamais, je crois, je n'ai tant ri.

« — Oh ! sans léser justice, ajoute le Bonhomme,

« Je puis sur cet auteur crier mon haro ! Ho !...

« — Hue ! » est le dernier mot que Despréaux, en somme,

    Place à la suite du haro !

Et tous, comme frappés par la flamme électrique,

Sortent en criant : Hue !... avec le satirique.

FIN.

www.ingramcontent.com/pod-product-compliance
Lightning Source LLC
Chambersburg PA
CBHW061532170626
46811CB00004B/1934